はるかなる虹

小島ゆかり

短歌研究社

はるかなる虹　目次

はるかなる虹

アプリと穴

極月のくうきの燃ゆるゆふまぐれ毛蟹のやうなたましひならん

茹であげて毛蟹をひらく刻々を窓に迫れる夕雲のむれ

ゆふぐもの群がり動くさまさびしわが肉体の一部のごとく

全身の感覚はどんなふうなのか生まれ変はつて毛蟹の場合

繰り返すたび圏外へ飛び退《すさ》る「アプリは」「いいえ」「アプリは」「いいえ」

さういへばかはいいよねつてとほからず人名になるだらう「あぷり」は

照る月は心臓のやうに濡れながら二〇二〇年終はらんとする

新年の藍いろ濃ゆき夜のまた夜のかなたの星崎の闇

去年今年わたしのなかの母の木がしんしんしんしんしんしん葉を降らしをり

十二月のしろいシクラメン年あけて一月のしろいシクラメンになる

似た顔の全員ちがふ顔が来て飲み食ひをする正月の家

孫の眼の高さで見ればわが猫はけものの深き呼吸してをり

きのふまで孫と遊びし公園で時間とあそぶ一月四日

鬼滅キャラ孫に教はり　以後の日はふゆぞらを胡蝶しのぶが飛べり

ここでまたわたしはなにを待つのでせう救急病棟深夜の廊下

母はまだ星ならねどもふりかへる病棟の窓よぞらに点る

〈GOアプリ〉使へぬわれは星氷る深夜の道をひとり歩めり

ヤングゆゑ自分を騙す手立てさへなからんヤングケアラーおもふ

君の好きな繭玉でまた遊ぼうよそんなに早く老いないで、猫よ

できかけの歌を画面に並べをり古獺《ふるかはうそ》の祭りのごとく

この部屋にあまた穴あり夜ふけてなにかもの言ふ抜け釘の穴

指入れて抜けなくなりし中学の机の穴をおもふことあり

小心のわれ慄《をのの》けりとつとつと気鬱の貌で迫り来る鳩

鳩はみな胸せりだしてあゆみつつひかりのなかの小さき頭脳

陽のなかを吹く風すこし老犬はながき舌しまひわすれて眠る

はるかへとおもひをさそひ冬の日の岬のやうに老犬ねむる

とつくりのセーター着れば切り株のわたしを照らす冬の太陽

枯原をひとり行くとき天空は穴なりふりあふぎてはならず

フロックコート

鴨たちのフロックコート一月の氷の川を滑りゆくなり

水中に風あるごとし氷りつつひかりを運ぶ大寒の川

氷いちまい寒の川より取り出して少年のあかき耳かがやけり

老人はひとり覗けり水面《みづも》より水中ひかる氷の川を

冬陽澄む川原に会ひし少年と老人おなじ人かもしれず

豆乳鍋

だれのこゑともわからないみづいろのこゑ聞こえくる冬のあけぼの

あなたですかあなたですかと呼ぶこゑのわが声に似て夜明けんとす

ふんすいの空ひび割れてスマホ見る人のうしろに鳩が近づく

スクランブル交差点、青　こめかみに冬の空気が攻め込んでくる

捨てどころなくてしばらく持ち歩く空き瓶のなかの今日のゆふやみ

今宵また鳥インフルのニュースあり袋が胸に埋め込まれつつ

豆乳の鍋たふたふと湧き立てば全白髪《ぜんはくはつ》のわれならずやも

豆乳鍋食べて白濁するやうなからだ　かなしい哺乳類のからだ

はんかち落とし

いま発ちて頭上をゆける鴨の腹ふりあふぐときいのちは深し

早春の空をましろの雲はゆきだれかの死後の時間はじまる

里山のはうから暮れて対岸の人にはたぶんもう見えぬわれ

揚げてすぐ食べるたらの芽立つたまま娘とふたり食べるたらの芽

いろいろな感情かへりくるごとし雨のなかなる山茱萸《さんしゆゆ》のはな

はるぞらへ辛夷のしろき炎立ち変異ウイルス感染者増ゆ

生態のディスタンスぶちこはしたるニンゲンを責め止まぬウイルス

春の香のふいに濃くなるゆふまぐれ　はんかち落としは怖い遊びです

輪になつて坐つただけで次々に鬼になつたねはんかち落とし

天涯に雲はわきつつ蚕豆のなかにやさしいディスタンスあり

合鍵

無風なるゆふべは奇《あや》し灰白《はひじろ》のさくらは扉のやうにしづけし

小学校のさくら悲しくない世代われには何も語らぬさくら

雨に少し濡れて来たれば豹紋のつやめく大はまぐりを買ひたり

黄の花はおもひでこぼれやすきはな連翹といひ山吹といひ

晩春のあめに黄のはなけぶりつつ　合鍵をもつこの世の家族

合鍵を猫はもたねどどこからか帰りきぬ雨にほふからだで

まだ風に乗るを覚えず空中をくるくると若き蜘蛛は降りくる

車椅子押しつつのぞく見なければ風化しさうな母の横顔

指さしてあの人のやうなブラウスが欲しいと言へり車椅子の母

車椅子の母と行くときむかうから亡き父の空《から》の車いす来る

二、三人はみでてはまたもどる列りッくりッくとランドセルゆく

ミャンマーのその男らは人でなく軍隊なればこどもも殺す

死後十年父に会はねど　どこまでも川は途中の若葉の季節

湧くごとく蝶とびめぐる草川原ふいに無性に肉食したし

逝く春の時間のいろとおもふまで日ごと濃くなる丘のうへの雲

あまりにもへたで驚く「要添削」ＬＩＮＥにて来る次女の短歌は

夫は長女をわたしは次女をひいきしてあほらし朝の会話も老いぬ

老愁は海老のかたちか老愁の一尾一尾を油で揚げる

胃瘻にて命をつなぐ姑《はは》に会へずエビフライが好きだつたははに

コロナ禍の街を行き交ふ人びとに二度なきけふの若葉風ふく

前を行く人つまづけど何もなくそこ踏みて朝の街路をゆけり

あなたはなにを言つてゐるのか　丹田に力入らぬＩＴ時代

ふるさとの家の合鍵もうどこも開かぬ古き鍵ひとつ持つ

ニボラー

葉ざくらを待てばこころに吹き起こる風あり若き欲望に似て

若者の歌会に混じり帰りがけ背脂ラーメンはじめて食べぬ

このごろは昔ふう煮干しだし流行りその人びとをニボラーと呼ぶ

若者の歌をはげまし若者に胃をはげまされ青葉の五月

夕雁のごときさびしさよく聞くがよくわからない言葉が増えて

抑止力めざし大量殺戮の化学兵器をつくりしノーベル

スプーンにすくふスープ

六月の雨雲厚しスプーンのくぼみに溜まる夜の物音

雷鳴のとどろく夜をスプーンに舌触れて金のスープを飲めり

スプーンにすくふスープに感情もゆれながらくちびるに近づく

雷鳴のホーム走れり駅員はダチュラのやうなスピーカー持ち

むらさきの夜空の奥へあゆみたし雷雨ののちの足やはらかし

ワクチン接種終はりてあふぐ梅雨のそら　東京は深海のやうだな

月組さんの動画

空中のたまゆらかげり唐招提寺伽藍のごとき黒揚羽をり

黒揚羽消えてのこれる夏空はもうだれもゐないやうなおほぞら

ぎつくり腰一打にうめく今し今、　月組さんの動画が来たり

大雷雨すぎたるしじま小鳥らの喉の渓流しぶきはじめぬ

街がいま腹式呼吸をするやうなあをい風立つゆふぐれのまへ

コロナ禍の夏のさなかをジョッキーの尻鋭角に走り抜けたり

猛暑日は午前二時より午後二時があやふし死ぬほどねむたくなりぬ

裏声をこまかくつかふ歌ばかり流行るねドラッグストアみたいな

ひとりだけ変な動きをしてしまふネット社会のあちらこちらで

草いきれけもののごとき川原をゆくとき声すおまへは老いた

猛暑日は浮き世ばなれをしてゐたい豆腐のいろのワンピース着て

木綿豆腐の肌ざはりなり雨ののち足首を吹く七月のかぜ

真夜中にまたひとしきり雨は来て魚なるわれは滝に近づく

桃食むはほの暗けれど桃のなかに皺ふかき脳しまはれてあり

夜の蟬ぎぎぎと鳴けりそののちをわれのねむりのなかに墜ち来る

スケボーの少年少女躍動すヤバすぎる東京オリンピックに

蟬の眼を焦《こ》がす熱暑の昼さがりウガンダの選手失踪したり

マスクしてゐてもうるさい女子高生みんなきれいなひざがしらもつ

かなぶんのぶんと飛ぶとき八月のよる水中のやうにゆれたり

夏をはる裾濃《すそご》のこころ　かなぶんを夜空へ投げてすぐ見失ふ

かなぶんのにほひのこれるてのひらにしばらく乗せぬさびしいわれを

ミャンマーの青年撃たれ　かなぶんは碧《みどり》の虹の翅《はね》割つて飛ぶ

かなぶんとなりて夜空にまぎれしかミャンマーの若き死者のたましひ

すさまじき雷雨ののちをしんかんと千年前の馬が行くなり

武蔵国総社《むさしこくそうじゃ》大國魂《おほくにたま》神社おもしろのからす団扇を買はん

念願のからす団扇を買ひに来て鳥居くぐれば鴉二羽をり

ゆく夏のなかぞらゆれて風のなか何者かプラタナスの葉を踏む

風すずし落蟬を見て帰りゆくからだからんとひとりなること

象の移動

不可解な象の移動あり遠目して遠耳をして象は移動す

北へ北へ大移動する象たちを照らす雲南省のつきかげ

先頭の象の孤独は眉間もて風を聴くなり大陸の風を

三叉路に立ち止まるとき吹き過ぐる時間のうしろすがたを見たり

いつかここで途方にくれることあるか今朝はもうあきかぜの三叉路

オンライン会議

オンライン会議終はればしんとひとり生身《なまみ》の桃を猛然と食む

消灯ののちは虫の世　暗闇に砂金のごとく虫の音は降る

虫の音のきはまらんとき家中の秒針ふるへいづるならずや

虫の音のちきちきちきちフィルムはあともう少し青きつきかげ

おぼろなる記憶のなかに失くしたる赤ポストありグリコのおまけ

風鳴りのまだはるかなる朝の道ふるる手を待ち萩の花ちる

白萩の角をまがれば大通りなにもかも風の秋となりたり

風はむかし樫の木、樫はそのむかし旅人、旅人はただかぜ

化学式

三つ目の角に見えつつ歩いても歩いても遠いサルビアの花

秋雨はつまさきに沁み　ふるさとの家へ燐寸をとりに行きたし

ふるさとの八手の下のひきがへるめつむるごとく夜が降りくる

殻わつて栗もくもくと食べるとき山のつめたい夕陽なつかし

「バカね」つて言ひしことなし言はぬうちよき男みな老けてしまひぬ

昭和の子わたしの好きなすすき原　金の波動を見せてください

はばからず冷蔵庫にも話しかけ愉しくもあるかゆるむ心身

止まりてはまた止まりては窓をゆくもうＡＩかもしれない蜘蛛が

緊急事態宣言解除　十月の街に来てしたいことがわからず

化学式は銀河のやうでありしこと五十年後の秋にておもふ

黒板ノ化学式消ス　永遠ヲ消ス　はるかなる秋の教室

だれですか。電話の声はわが夫の緊急入院を告げたり

一寸先ならずいまなり闇はいま隙間だらけのわれに入り来る

「入院」のＬＩＮＥきてのち電話きて夫は言ひたり「歩けないよ」と

「ドクターＸ」見て笑ひをり老医師の夫は入院患者となりて

テレビ見る夫はも深く老いたれど死に急いではならずならず

闇しづか体だけあり顔がないやうなふかさの晩秋のよる

寝そびれたる秋の夜長をたますけと呼べば振りむく猫のたますけ

深秋の街より帰り姉さんと呼びたき大き柿ひとつ食む

落葉のしきりなる日よ富有柿のねえさん次郎柿のにいさん

きつねうどん

雨ののち魑魅《すだま》のごとき月のぼり武蔵野樹林、晩秋に入る

ここに死ぬ枯蟷螂は憩ひつつここはどこかと問ふこともなし

死を報《しら》すこゑはあるのか夕靄にかうーかうーと鴨は呼び合ふ

潔《きよ》きもの群鳥《ぐんてう》のなかの一つ鳥ひとつひとつを隠す群鳥

雨の日の投票所寒しここ過ぎて傘さしてどこへゆくにもあらず

雨音の一人一人は投票所抜けてふたたび雨音になる

総選挙ただ終はりたる晩秋の街角に大ハシビロコウ立つ

たえまなく公孫樹の落葉ふるひぐれきつねうどんは金色《こんじき》のつゆ

真冬のシンフォニー

火のやうなもみぢの下を　最後かもしれない　母の手をとりて行く

古びたる木造船のくらくらとゆれゐる母のからだを支ふ

落葉にふりつつまれてこんなにも老いぼれてわが愛する母あり

ちぎれたるこころのごとし冬晴れにわが干す母のしろい靴下

ひつたりとスタイリッシュなマスクして鳥人《とりじん》が行く霧の街路を

空腹は天より来り厨房にすきとほる金の油を熱す

牡蠣フライ食べたるこよひ光《て》りいづる目《め》鼻《はな》唇《くちびる》あやしきろかも

電飾によぞら罅入る十二月　ゲームのやうに人流うごく

巨大ツリー点灯のときいつせいに瞠《みひら》くよアフガンの子どもら

かなしみの眼ぎつしりアフガンの岩の起伏のクリスマスの夜

クリスマスのラウンドケーキもう買はず真冬のシンフォニーが聞こえず

みぞおちに錐刺すごとく寒きあさ救急車また母を乗せ行く

逃げ場なきわれをあはれと母言へり担架のうへの手首にぎれば

病院を出ればまつたくひとりなり大晦日の満月のした

病院の帰りのながき夜の道　脇道のどこか子どもの声す

雨虎

老いてなどゐられずなどとおもはずにずるずると食む年越しそばを

寅のとし幸はふならんわが家には黒とら柄の猫二匹をり

猫たちに去年今年なし年の夜の祈りのわれの足を踏みゆく

逝く年の雲けぶりつつ雨虎《あめふらし》のなかに虎がゐるのはなぜか

けぶる雲うづまきながれ新年の夜ぞらに大あめふらし現る

あめふらしは銀河の模様　四十六億年を生きゐる惑星ひとつ

よみがへり日和

家鴨臭い真冬の川のむかう岸あひる二羽ゐるところ明るし

川原の枯葦原に陽はゆれて足のみ見えて軽鴨がゐる

あたま、くび、むね、せなか、しり　冬の陽に愛されていま照り出づる鴨

〈よみがへり日和〉と言はん冬の陽のさんさんとけふ父に会ひたし

たましひを運ぶ者ともおもはれず尻ふり尻ふりみづどりあそぶ

離水のとき着水のときみづどりの胸にゆたけし冬の風圧

氷ざくざく鮮魚の桶に鮟鱇の泥めくくろい皮も濡れをり

ゆふぐれの鮮魚の店の灯にうごく魚族のやうな濡れたてのひら

アルプスの岩塩舐めて脳天にしろいひかりを降らせんとする

鯉しづむ真冬の川をのぞきをれば浮上する亡きひとびとの顔

トラックに積まれひしめく空瓶は群衆に似て夕陽に染まる

蜆

雪淡し喉に湿りののこりゐるゆふべを蜆ひとつかみ買ふ

水桶のしじみ身じろぐ気配してつやつやと濃き大寒の月

唇《くち》すぼめ蜆の汁を吸ふわれを猫の毛深き顔が見てをり

みづうみに雪ふり雪はあたたかく水底の蜆貝を濡らさん

寒中のコロナ自粛のひそひそと春待つひと日ひと日は蜆

どんな声で

抽出しにあるはずの鍵さがすうち春のゆき春のあめになりたり

雪が雨になり雨がまた雪になり　みるみる猫もわたしも老いぬ

遠景のしろい疾風《はやて》は早春の少女のごとく坂かけのぼる

いちまいの夜空はためきウクライナ・ロシア停戦協議中、また

どこかとほくの街をバイクは行くごとしあをい夜明けのなかで聞くとき

いくつかの街が壊れて空深く吸はれてゆきし街角のこゑ

どんな声で語ればいいか戦争を知らない子どものままわたしたち

熟睡はいのちのしろい時間なりひもすがら天にもくれん浮く日

ベビーカーはさくらの下に

風鳴りの空のあかるさ割れ物のやうな子どもの声ひびくなり

あなたには何が見えるか内と外にベンチ置かれてある美術館

ふりかへりみればそこにはなにもないかもしれなくて美術館去る

武蔵野はゆふまぐれさへ濃くにほひ手提げのなかに赤卵《あかたまご》六つ

老いてこそ肉食せよと言はれをりわれの肉より生まれし子らに

こぼるるやこぶしれんげうゆきやなぎその名にひとつづつの濁音

滅びゆく途中のからだ春の日は痛む右手に蝶がまつはる

とぶ蝶のかなたのビルの傾くは　骨盤ずれてゐるかもしれず

石垣を斜めに走るとかげゐて廃市のごとき春の白昼

石垣にすきま見えねどしるしるととかげ出で入るここともかうを

戦火遠けれどひぐれに追はれつつ足首遅れつつ橋わたる

年々の鏡の顔がよく知らぬ顔になりつつうしろの空無

ゆらゆらにさくらづつみをゆくみれば老若の顔いれかはり行く

ベビーカーはさくらの下に　いくたびも生まれかはりてみどりごねむる

花のしたのベビーカーをのぞくひとまぼろしを見るごとくほほゑむ

手をつなぎ人は行くなり遠き近き別れを隠すさくらの道を

おほぞらをこゑはろばろとわたりゆく一羽はいつの兵士ならんか

戦場のさくらとおもふウクライナの空のつづきの空に咲く花

マスクする人ばかりなる交差点はなびらはこゑのやうにうづまく

宵はやく髪を洗ひていいにほひ豆ごはん炊けていいにほひ　いま

ねむる猫をわが見るやうに眠るわれを猫がみてゐる椿円の春夜

はるかなる虹

反戦ははるかなる虹見えながら指さしながらだれも触《さは》れず

真夏のひかり

猛暑日の刃物重たく腫れ物のやうな完熟トマトを切りぬ

酷熱の夜に沈めり老魚なる巨大熱帯魚首都東京は

猫空《うつ》けわれも空けの貌近し熱帯夜いま日付変はるころ

肉声で呼びあふふたり紅薔薇を蜂めぐりをり曇天の午後

やみくもに浪費してしまひたくなる　曇天の薔薇くれなゐふかし

早すぎる梅雨明けののち戻り梅雨忘れてゐたるお礼状書く

湖のやうに笑へり娘より若き歯科医に老化を言へば

酸素導入しつつ駄菓子を食べやまぬ母をなにゆゑたしなめんとす

西日濃しわたしのなかでだれかしら?・小さき人がぶらんこに乗る

夕鴉するどく鳴きてなげやりなこころ柘榴のやうに割れたり

空襲のよぞらはどんな明るさか地下階段に夕映えとどく

空襲を知らず防空壕を知らず　開け閉めをする夜《よる》の冷蔵庫

ウクライナの報道減りて日常の暗渠にいつも戦争がある

しんしんと荒野のごとき肉体は午前六時のミルクを飲めり

早朝は山野のじかん塩パンにハムとチーズをはさんで食べぬ

七月のパプリカみどりあかきいろ忘れきつたることのすがしさ

十代は確かに在りて無きごとし鍼灸院に「マイウェイ」きけば

おぢいさんでもおばあさんでも大差なく融通無碍の老年に入る

ひるがほのひとむらながら花そよぐあとさきありていまそよぐ花

ひとむらのはなゆれやみて昼顔は一つ一人の遺影のごとし

通信障害つづく夜明けを古猫《ふるねこ》はことりと起きてごはん食べをり

古猫のひとり遊びのあさあけのこんなやさしい日をありがたう

月涼しビールを飲めば僧形のカミキリムシが網戸に来たり

商売人の祖父と僧侶の祖父ありき二人なつかし夏の満月

〈無理ゲー〉の言葉覚えておのづからつぶやきながら電車を待てり

銃撃事件のニュース検索する間にも赤い中央線はすぐ来る

夕焼けのこころとおもふ訃報ありてひとりじいんと干物を焼けば

はじまりもをはりも知らずだれよりもわれははるかなる真夏のひかり

無想界

あけがたのやさしい雨をききながらあの日あの日の自分がきらひ

武蔵野は夏深草のころとなり武者の貌なる揚羽蝶くる

縄跳びし逆上がりしてなつぞらのピースのやうなこどものからだ

みづからの嘘に追ひつめられて泣くこどものなかのまひまひつぶろ

孫帰りしめしめひとりコーヒーを飲めばしくしく孫に会ひたし

枝豆は塩にぬれつつコロナ以前ロシア侵攻以前のみどり

命日がひしめく青とおもふなり露天市場であふぐ夏ぞら

健康や平穏なんて滅相もないことばかりこのごろ祈る

シャワー浴びながら拡がる無想界　アサギマダラは海をわたれる

死後はじめての

贈りたる同じ羊羹いただきぬながらへて世に慣るるにあらず

四回目のワクチン終はり心身は蟻のひそけさ炎暑を帰る

つれづれにおもふもあやし歓楽はむかし病の忌み言葉なり

物音のぼおーッとあをくきこえつつ港のやうな八月の夜

夜の蟬ニギッと鳴きてそれつきり　それつきりなる者らのゆくへ

なにもかも隠してしまふ夏空にまた湧きいづる蟬の絶叫

さびしさは言ふまでもなし素麺をトマトスープで食べてみたつて

なにか夢みしがまつたく忘れたり別のわたしがパソコン開く

せんせんと蟬のこゑ降り　落蟬は死後はじめてのあさかぜのなか

二枚の地図

みづいろの日傘帰りは雨傘になりて歩めり九月の街を

ギター弾きギターのやうに鳴り出づる九月のあをい夜の少年

ギター弾く少年のまへ過ぎんとし過去のどこかへ踏み入るごとし

アイス持ってころんで泣く子人生はあるときふいにだいなしになる

乾きゐる石は各々、濡れてゐる川は全体であきの呼吸す

草上をかがやき渡るぎんやんま尼僧のごとくわれは見てをり

ぎんやんま草にしづみて空中のそこに残れるしろがねの井戸

うつぶせになれば涼しきあしのうら　二枚の地図に夜の風ふく

ねむりつつかぜに吹かるるあしうらの地図の山河の谿深くなる

なにも還らず

スリッパやコンセントにも霊が棲む秋なり翳と光はおなじ

ひたひたと足音のして夕焼けの奥へ歩いてゆくのはだれか

ゼレンスキー大統領のシャツがまた長袖になり　止まぬ戦争

行き方がふたとほりあるその街へ行く明日へはどのやうに行く

出しそびれ雨のひと日を持ち歩く手紙のなかのきのふのわたし

たまに来て老化を競ふ旧友のグループＬＩＮＥ　スタンプ満載

モノレールの車窓より見るゆふやみの品川埠頭なにも還らず

オムライスかカレーライスか迷ひつつハンバーグたのむ空港食堂

夜空

ふゆぞらを雲の獣の群れがゆき老年ながらはじめての今日

水にほひ水鳥にほふ川のみち人のにほひも鋭きか冬は

鴨あそぶ川のほとりにかがむときふくらはぎにも感傷がある

パスワード、覚えてません。面倒な世の中のめんだうな人われ

好き勝手がかつこよくなる齢《よはひ》まであともうすこしパッと傘ひらく

水晶体の膜破れたる母の眼が夜空となりてわれを見てをり

手術後の母はさびしい鳥の貌　車椅子ごと母を受け取る

声出すと天のまほらへきりもみに吸はれん冬の蝶もわたしも

行きずりの犬に触れたし病院から施設へ母を見送りしのち

巻き尺のびゆんと戻れば手のなかにカンブリア紀の巻貝ひとつ

大晦日のけふの晴天　空蟬のやうな日本の平和とおもふ

敵基地攻撃能力保有って、攻めていいってことだねつまり

大鳥居ふりあふぐとき冬ぞらに火の香か馬の香かながれたり

やけに長い娘の祈りどこからかその背に触れて落葉は降り来

六歳の孫はうさぎのパジャマ着てパジャマのうさぎ数へねむりぬ

逝く年の何かに絶えず手はふれてそして何にも触《さは》れない手よ

焼肉

焼肉の網を囲みて空腹から満腹までの濃き時間あり

孫にまた新語教はり教はつたからには食べる「まんが盛りごはん」

孫はこぼしわたしはむせる　焼肉のけむりのなかの家族の時間

新年の夜空つめたし焼肉のあとはだまつて歩いて帰る

おもはないことも大切たらちねをおもへばかなしみにまつしぐら

マンホールの蓋の重さの冬の月　人は孤独にきまつてゐるさ

気持ちまだ大丈夫なのに体もう大丈夫ぢやない時が増えゆく

死後はもしやこんな感じか昨日ゐた娘も孫もゐない公園

気弱なりし男ともだちなつかしく山の端に入る夕陽見てをり

寒の日のまだ声ださぬあかときを鴨のこゑしろし鏡の湖《うみ》に

接着剤見つからなくて靴底を接着できず大寒の朝

母はいま何する人か地震すぎてわたしはしやつくりが止まらず

地下鉄車内なにをくよくよするわたしこんなに赤いセーターを着て

ひげ袋ふつくらやさし恋猫でありしことなきわがたますけは

顔覆ひ猫の爪切るしづけさの底知れぬ夜のかなたの戦地

立ち耳の猫の影ある夜の窓　ながいながい物語です

わからなくなる

同年の友の訃報は突然に決定的に来てなみだ出ず

通夜の酒ふくみ出づれば夕風が夜風になりて青い星降る

大寒の半月しろし片方の半月をもち友は逝きしか

亡き友の話をべつの友として死んだのだれかわからなくなる

人の世はＡＩに任せわたしたち、ねえ、原始音楽にならうよ

心臓

こめかみに雪ふるごとしもう会へぬ人のこゑする夜の交差点

窓けぶる雪の朝はなまなまとからだのなかに心臓がある

心臓は孤独な臓器　厚着して雪の舗道をひとつづつ行く

トルコ・シリア大震災の映像がよみがへりつつ　雪ぞらに鳥

でき悪き生き物として三センチ雪積む道をよろよろ歩く

都市の雪ふめば交感神経か副交感神経か危ふし

ああやはり電車遅れて雪の日のホームに並ぶ鴉めく人

猿ヶ京

三月の空気の冷えに重さある上毛高原駅に降りたつ

早春の雪まだ残る猿ヶ京「みなかみ紀行」百年ののち

春はまだ朝の冷気の澄みわたるみなかみの山の猿ヶ京の湯

われらみな猿の顔なり猿ヶ京露天の湯から顔だけ出して

旅行くはうしろ姿の時間なり土地びとが山がうしろから見る

井の頭線

春蟬の鳴く季《とき》へ近づいてゆく井の頭線ぎんいろでんしや

吉祥寺↓渋谷　あのときこのときがゆれつつこゑのやうな陽光
ふるふると車輌はゆれて熟睡す蟬だつたかもしれない人ら

蜘蛛の網《い》を迷ふばかりの渋谷駅はやく帰らん急行に乗る

春蝉になるかもしれぬまどろみのときはゆれつつ　渋谷→吉祥寺

濡れようか泳がうか

天も地もおそろしくなりもうできぬ天地一周するさかあがり

困難の種類は無限　手根管症候群の右手が痛し

飛ぶ鳥のアスパラガスを食べてをり無理無理無理とつぶやきながら

フランスパンをレタスざくつとはみだしてはみだすものが光る三月

落ち溜まる椿の花のあるところ椿の木あり安心したり

殺、虐、ハラ　七時のニュース見て朝のゴミ捨てに行く分別慎重

もうどれが自分のゴミかわからない人体に似てひしめく袋

心身に躍動感あり中年の娘に野球のルール教へて

ＷＢＣ終はつてただの春の日の雨　濡れようか泳がうか

何周目のさびしさならん春の雨ふればだれかを呼びに行きたし

でまかせに「お風呂上がりのブルース」を歌ふこの夜の見知らぬわたし

消灯ののちのからだに湯の香してまだ手つかずの明日あり眠る

咲きみちてただしづかなるひのくれのたまゆら花の骸骨《スケルトン》見ゆ

花ふいに舌に触れたりかつての日切手を舐めしほどの湿りに

花ふぶく広場のフリーマーケット、ビラ追ひかけて走る人あり

若者は反転し老いはうらがへる　春の嵐の吹き抜ける街

古猫は僧侶のごとくすわりをりさくらの夜を帰りきたれば

野球観てサッカーを観てこの春はゆつくり老いる暇なく老いる

白骨のしろさとおもふ木目あるテーブルに置く朝のパン皿

いま風の向きが変はつて

パルテノン神殿を空は記憶して量子コンピューターの世界を照らす

コンビニは途方にくれて灯りをり古代のさくらふる夜のなか

ありしともあらざりしともさまざまのこと　思ひ出はさくらと同じ

後ろよりさくら来てゐる夜の道　同年齢のさくらとおもふ

侍ジャパンならば起用はどのあたり〈八時半の男〉宮田は

湯冷めして足首さむし夜ざくらの街を歩いてきたるあしくび

眠るまへふかくおほきく息はけば残りのさくら散つてしまへり

点検のガス警報器鳴る部屋にかがやきすぎる春の角砂糖

春昼は孔雀のごとしさんらんとゆたゆたとただついてくるなり

焦点のさだまりがたき母の眼がいまここにゐるわたしを消しぬ

いま風の向きが変はつて横顔の鳥、横顔の樹木うつくし

知らぬ間に世はすりかはり小綬鶏がChat《チャット》 Chat《チャット》 GPT《ジーピーティー》と鳴く

分裂か増殖かこれは、 つぶやきがこのごろ問答形式になる

ビルの間の夜空にのつと月のぼる温顔のあの父のかほして

小雨ふる路地あたたかし尼寺のしづけさに似て紫木蓮さく

古びたる家々ならぶこの路地は雨の日ことにいいにほひする

行き止まりの路地の家には犬がゐてわれになつくを家びと知らず

黒猫を飼ひはじめたり白鳥より黒鳥が好きだつた明子は

晩春は銅貨のいろにひぐれつつはじめから無い兄弟姉妹

われに兄弟姉妹はなくて義兄義姉義弟義妹もなくて　夕映え

カレーは今日もおいしくできて　はじめから無いもの、あつて失くしたるもの

超深海スネイルフィッシュの情報を伝へたし公園の鴉に
このいまも水深九〇〇〇メートルの日本海溝を歩くエビをり

葉ざくらが風にゆれ　超深海のエビよ今っていつなんですか

街路樹の若葉のそよぎなまめきて両性具有の夜が降り来る

冷蔵庫に凭れておもふ好きだつた五月に死んだ寺山修司

見えぬ鷹一羽するどくひるがへりまためぐりくる青葉の五月

酢の殺しかた

二度までもとかげを見たり本降りの雨のなか行く駅までの道

腕を抱く裸婦像立てる雨の街その腕のみに感情がある

ポケットの鍵冷《ひや》ッとし思ひ出づ膚《はだ》うつくしき雨中のとかげ

雨雲を喰らふならずやあぢさゐの花にむやみに近づくわれは

戦場の声ごゑに似て紫陽花の群花はひらき何も聞こえず

風上はしろい夏　あさの全身を吹くかぜのなかにマスクはづせば

かぜのなかの顔ははだかのたましひのやうで不可視のさびしい一個

過去からの訪問者われ　ひとり来て以前暮らした町をゆくなり

バスでゆく町はつゆ晴れ街路樹の人面に似る瘤も見て過ぐ

バスの窓すれすれに木の瘤は見えそこ痒からん晴れの日ことに

近づくとき遠ざかるときこの町のどのバス停にも母が佇む

胡瓜もみすればおもほゆそのむかし母が教へし酢の殺しかた

星空のワンピース

枇杷食べて枇杷うまければけふの日のあれやこれやが枇杷いろになる

パックするわたしを猫はあやしめど明日は娘の恋人が来る

なんといふ夢みる顔をするものかこの青年と語る娘は

吹きおこる風にからだのあるごとく樹木もみあふ六月の夜

行きに見し遊ぶ子をらず公園にその子のやうな鳩が遊べり

星空のワンピース着て会ひにゆく生まれるまへに死んだあの子に

あぢさゐはいま枯れ盛り粗塩《あらじほ》のざりざりひかる夏の陽そそぐ

戦没といふ死、無数の穴のごとし樹影をゆらし夜の風ふく

夏帽子買はうか白い七月は灯台のやうに頭が遠い

まんぢゆうを割つて食べつつ今年もう半分過ぎてもごもごとする

雷鳴ののちみづいろの夜空あり死をおそれつつ死をねがふ母

会ふときも別れるときも手を振つてわたしは風の谿のやうだな

六十年前のなつぞら窓に見え小一の孫が宿題をする

きのふまで孫のすみれがばらまいた声まで吸つてしまふ掃除機

死のほかに

ところにより雨の予報のところってここかジャージャー茄子炒めをり

晩夏光シャツを照らせり少年の白、老年の白となるまで

すでに秋行き止まりなるこの道をもどらんとして風に囲まる

全天に虫の音ひびく夜深しあしたは朝の飛行機に乗る

死のほかに行き着くところあるごとし九月のあをいセーターを着る

こころしらたま

五十鈴川行きの列車で白鳥《しらとり》とすれちがふいまこころしらたま

何を待つ人びとならん観月のこよひ集ひて月を待つなる

内宮《ないくう》の闇に望月のぼりつつ迦陵頻伽の舞衣《まひぎぬ》あかし

満月のかげゆらゆらにうごかしてゆらゆらに夜の水は生き物

満月のひと夜ののちは千年ののちなるごとし鳥が遊べる

奇天烈の神がみ

乗り換へで降り立つ名古屋ふるさとはわたしをたぶん覚えてをらず

伊勢松阪けふよく晴れて「古事記伝」かがよふごとき大公孫樹あり

晩秋の黄金《わうごん》公孫樹あふぐときざわざわわす奇天烈の神がみ

紅葉より黄葉よく合ふ伊勢のくに語尾まどかなり京ともちがふ

伊勢中川ゆふやみにしてまどろめばもう桑名らし車窓くらやみ

だれかの子

猫が、あ、コップを倒し　事実ともフェイクとも情報は拡がる

をさなごのわたしのやうな重たさか母につながる酸素ボンベは

腎不全病む古猫の肩を抱き午前三時の月を仰げり

手袋のほかにもなにか失くしさう真冬の雲のうつくしき日は

題詠「七十歳」

三年後死んでゐるとは思はねどそれはどうかと飛び立つ鴉

湯豆腐が食べたくなれば湯豆腐を食べる　無神のしろい幸福

ガザ地区の病院おもふ崩れては崩れては赤く燃ゆる夕雲

麻酔なしの治療を受けるケガの子の恐怖、激痛だれかの子です

パレスチナ、ウクライイナ、アフガニスタンの子どもわが子にあらずあらねど

概算

歳晩の渋谷の街に来てしばしハチ公と同じ雨に濡れたり

今といふ圧力すごき渋谷街ハチ公とわれ過去にたたずむ

存在の断片が時の断片が過ぎゆける雨のスクランブル交差点

この街は戦場ならず袋からはみ出す来年用カレンダー

数へ日のあしたゆふべにパレスチナの死傷者のかず概算で聞く

クリスマスのくじ引き

起きぬけの水飲まんとすあかときのみづはみひらきながら飲まるる

冬の日は牛舎のやうなからだなり薄きひるの雲濃きよるの雲

手袋に手をつつみつつ極月の欲望すごき街をあゆめり

老いてみな沼びととなるおもしろさ忘年会に沼びと集ふ

「それはそう」の続き気になるそれはさう「ですね」の場合「ですが」の場合

猫よりもおくれて気づくゆふやみのここは何かの通り道なり

なりゆきで家族になりてくじ引きをすればこんなに楽しき聖夜

死んだ子の星点滅すクリスマスのくじは六枚、引くのは五人

小一の孫はからだに鳩がゐてくるッくくるッくまたわらひをり

くじ引きで変なメガネが当たりたり自分が見えたりしませんやうに

クリスマスのくじ引きに似て選ばれてしまふ選んでしまふ一生

クリスマスケーキ切り分け最大の苺をわたしにくれる青年

トナカイの帽子をかぶり熱唱すもうすぐ息子になる青年が

変顔を競ふ聖夜のわたしたちなにがどうしてここに集へる

恥づかしき思ひ出かたる罰ゲーム　八十年前「生き恥」ありき

ゐる人のゐない人の歌声がするクリスマス会日をまたぐころ

目薬を差してめつむる二、三秒見えないものが濡れわたるまで

湯上りの身はゆだんしてぼとぼとと時間の束をしたたらせたり

『源氏物語』の和歌、現代語訳

謝罪する総理をシャットダウンして物怪《もののけ》の歌を現代語訳す

真当《まつたう》なる悲しみゆゑに生霊のうたは死霊の歌に及ばず
からだなきかなしみのうた物怪のうたは那由多《なゆた》の虚空を飛べり

おのづから古びゆくなるうつしみをくぐりてはくぐりては鐘鳴る

元日、長女結婚

またひとり息子が増えてはるばると不思議の花の谿ゆく途中

元日に緊急地震速報あり被害ありそして被災者があり

思ひます。祈ります。中能登町の九十二歳の投稿歌人Sさん

もう跳べぬ高さ走れぬ場所を知りたますけは猫の晩年を生く

流星群のやうな孤独が胸に降るめつむりながらねむりまつとき

冬の夜のねむりのなかで群青の風に飛び乗る遊びをしよう

あとがき

本集は、歌集『雪麻呂』に続く十六冊目の歌集です。
二〇二〇年歳晩から二〇二四年新春まで、おおよそ三年間の作品のなかから、
四六八首を収めました。
タイトルの「はるかなる虹」は、集中の一首からとりました。

反戦ははるかなる虹見えながら指さしながらだれも触《さは》れず

愕然とするばかりの恐ろしい世界情勢のなかで、この歌を作ったときもいまも、
わたしにはほかに言葉がありません。あまりにも小さな一人一人の存在を思い、
あまりにも大きな一人一人の悲しみを思います。そして、祈りの心は果てしなく

言葉から遠ざかってゆくような気がしています。
一方で、六十代後半を生きるわたしの内心もまた、少しずつ言葉から遠ざかる感じがしています。現代社会の言葉が、自分の知っている言葉とはちがう、そんな不安がだんだん大きくなりつつあります。しかしそれでも、わたしの知る言葉で歌を作る以外にはありません。

これまでと同様、カッコ内とカタカナのみ新仮名表記を用いています。
前歌集『雪麻呂』と同じく、短歌研究社の國兼秀二社長はじめ、菊池洋美さん、水野佐八香さんにたいへんお世話になりました。そして今回も本のデザインは、鈴木成一氏と鈴木成一デザイン室のみなさまにすべてお願いしました。ありがとうございました。

小島ゆかり

二〇二四年五月三十日

ブックデザイン　鈴木成一デザイン室

コスモス叢書第一二三六篇

令和六年七月七日　印刷発行

歌集　はるかなる虹《にじ》

著者　小《こ》島《じま》ゆかり

発行者　國兼秀二

発行所　短歌研究社
郵便番号一一二―〇〇一三
東京都文京区音羽一―一七―一四　音羽ＹＫビル
電話　〇三―三九四四―四八二二・四八三三
振替　〇〇一九〇―九―二四三七五番

印刷者　大日本印刷株式会社

製本者　加藤製本

検印省略

ISBN978-4-86272-776-3 C0092